金魚を逃がす

鈴木美紀子

歌集

コールサック社

金魚を逃がす

目次

ヘレン・ケラーがわたしだったら

「fire」がはじめて覚えた言葉でしょうヘレン・ケラーがわたしだったら

何番目の月

どうしてもわたしの指のとどかない背中の留め金　夜空にひかる

ざくざくとフォーチュンクッキー割りながらばかみたいばかみたいばか

レトルトの銀河系には注意書き〈破裂〉の文字が小さくあって

待ちわびて髪をリネンのシーツへとハザードマップのように広げた

指を折りかぞえてさびしいわたくしはあなたにとって何番目の月

この胸の釦を嵌めてもらうときまだあたたかい潮溜まりにいる

指のせせらぎ

珈琲のペーパーフィルターひらかせて遠い星砂あふれさせてる

翻訳をされたとしても交わし合う喉のさえずり指のせせらぎ

濡れるほどあなたの裸身は遠くなりオーロラみたいなシャワーカーテン

海色の静脈に絡めとられては心臓だけを遠くへ鳴らす

わたしたちまだ出逢えていないなら雨音のように呼び合えばいい

醒め切った毛布にからだをくるむとき季節を待たない果樹園のゆめ

星の時間

靴底に玉砂利ひとつ入るたび誰かの肩を借りる聚光院

「調整中」と貼り紙のある時計台みつめてしまうよきみが黙れば

吸う息と吐く息のようにすれ違う　窓からいっしゅん聖橋を見た
快速に乗り換えて行く。もうすでに滅びてしまった星の時間を

傘の柄をそっと持ち替えあのひとの昨夜の肩を濡らしてみたい

屋上のフェンスの外に立つ夜明け指を湿らせ風向きを読む

きみは森　迷えば雨が降り出して木の実のような記憶を落とす

何回もドリンクバーに向かう背を見てはいけないもののように見た

隣国のミサイル軌道を逸れる朝手ぶらできみに逢いに行きます

硝子

ペディキュアを塗ってしまえば素足ではないから散らばる硝子さえ踏む

ひとつだけ足りない

とつぜんにスプリンクラーはまわりだし水のつばさのひかりにふれた

野の花を挿せばグラスの底よりも深くしずんでしまう一輪

みず色とピンクの歯ブラシ挿してても繁殖させたいわけではなくて

ひったりと手錠の代わりに嵌められた腕時計にはいくつの歯車

歩きやすいというより踏み易い方を選んでしまうサンダル

これまでに経験したことのない雨量のごとく待ちおり　あなたを

あじさいは海のブルーを泡立たせ誰にも見せない水底の色

濃くしてと頼めば百円増しになる檸檬サワーのようなくちづけ

ええ、たぶんしあわせなのはひとつだけ足りないものがいつもあるから

PASMOへとチャージするとき半額はどこへ帰るための銀色

花の鼓動

朽ちてゆく鏡のなかの唇にあなたの名前を咥えさせたり

歯間からかすかに洩れる息を聴く　さやさやささぶねささやくさよなら

鬼百合のはなびらほろりと散るあわいあなたの舌の薄さを惜しむ

ちりちりと蛍光灯は切れかけて点滅を吸うビロードの翅

押しあてた胸は互いにやさしくて打ち上げ花火の遠い残響

銀色のゆびわを外せばいちりんの薔薇を抜きとる仕草にも似て

口どけをひそかにたしかめあうような言葉の微熱おぼえてますか

すれ違う風がわたしに気づけたら花の鼓動に生まれ変わるよ

海を吸わせる

あなたからいちまい引いたトランプを胸に伏せつつ終える生涯

わたしよりたぶん正気だあんなにも首を揺らして近づいてくる鳩

惜しみなくネピアのティッシュ引き出してわたしの中の海を吸わせる

蘇生処置しているみたいに胸元を押し洗いするモヘアのセーター

からっぽのレジかごガシャンと重ねてはわたしの壊れる音をさせてる

なんとなく苦しいでしょう返信用切手をひとひら同封されて

LとR

さらさらと真昼の砂をこぼすよう外したイヤフォンからのボサノバ

俯いてあなたの言の葉聴くときはLとRに分かたれる声

むね肉に刃をそわせひらきゆく　わたしのなかの驟雨が匂う

ワイシャツの袖をくぐり抜けた手はもうわたくしのものじゃなかった

さやさやと繰り返すだけもし吾が枯野であれば光る仕草を

窓

北向きの恋に凭れて硝子へと耳打ちをした。窓してるの、と

やさしい出血

香ばしき欠片こぼせり〈ルマンド〉が愛の言葉のように聞こえて

柩には入れてはならないものばかりきらめかせてゆく生と思えり

わたくしの頭蓋はちいさな鈴になるあなたに「いいえ」と首を振るたび

隣り合う樹木のプレート　合意書に静かに並ぶ名前にも似て

なみだってやさしい出血なのでしょう冷え切った頬を撫でるひとすじ

竪琴のように網戸を拭いてゆく　風の音色のフェーズが変わる

バニラ味えらんでみても自らの微量の口紅食べていること

あるいは、脱ぐ

交われば ひかりを放つわたしたちシャーレの中に変異株めく

ベランダに家族のシャツを干しゆけば当て書きをした戯曲のようで

まだ正気ますます狂気　ノンアルと微アルの泡を舐めくらべつつ

残された時間が表示されるはず改札抜けるたびに　手のひら

しんしんとあなたを想えば星空は睡眠口座の残額のよう

新月は逢えない夜のテーブルに伏せたまんまのわたしの手鏡

内側の静脈の蒼にふれたくてあなたのいのちを秒針で撃つ

ひったりとつつまれるなら春色のニットを纏う　あるいは、脱ぐ

誰かの妻

河原には誰かが捨てた洗濯機不時着をしたＵＦＯみたい

合いびき肉買えば見知らぬこの町の誰かの妻になれる気がした

土足で踏み込まれてみたい四畳半香ばしいほど西日に焼けて

事前収録

遅刻してスクリーンの前を横切った見知らぬ誰かの影こそ主役

「うさぎ　鳴き声」で検索を　手術中ランプの照らす廊下の隅で

星空へ突き落とされそうシャンプーを泡立てている自分の指に

ゆったりとリクライニングシートどこまでも倒されてゆき渚に触れた

玻璃窓に事前収録されていたような夕ぐれ　どこへ帰ろう

泣かせてみたい

紅筆をあてているから言の葉を乗せたりしないくちびるは舟

前世のあなたの骨かもしれなくて時間を旅した宇宙塵ふる

五線譜のブレスの記号を消しながら泳いでゆこう向こう岸まで

泡のなか消えてしまいそうだから洗濯用ネットに入れるランジェリー

人間の声に一番近いという楽器の弦を泣かせてみたい

十指でもまだ足りなくて黒髪を束ねるときに咥えてるゴム

うしろからふさがれるときおそらくは手のひら越しの月を見ており

背にせなとルビをふってくださいと振り向きそうないちりんの百合

どちらかが車道側を歩くこと。ふたりが並んで行く、ということ

結晶

はつ雪にひかりの消印まっさらなすべての日々をひらかせる　If

降雪と積雪の差をさびしさと名付けておでんのつゆを飲み干す

踏切の前に立つとき私の背中を見つめるわたくしがいる

骨よりも白い真昼の月だからオニオンスライス真水にさらす

手の甲と甲はかすかにぶつかって互いの手のひらこんなに遠くて

好きだから知られたくないことふえてゆき割り箸で食べるバースディケーキ

日記には書けないことがお互いを甲とか乙とか呼び合う書面に

摑むたびペコンペコンと音をたて謝ってくれるチューハイの缶

こな雪の韻律さらさら舞い降りてわたしを言葉にしてゆくのです

息をしているのかどうかたしかめるたびにこわしてしまう結晶

夕ぐれのバレッタ

夕ぐれを堰き止めるようにバレッタで髪を纏めてキッチンに立つ

滞空時間

十一の風邪の症状に効くという薬が見せるあなたのまぼろし

こみあげるように咲きだすさくらばな一部始終を水面は映す

花びらの滞空時間をすり抜けてあなたのゆびが遠ざかりゆく

分け前のように受けたり日輪の光を月とわたしと鏡は

金魚を逃がす

病室の花瓶の水を替えるとき金魚を逃がしてしまった気がして

〈検針済〉の小さな紙片が遺書のよう新品の綿のシーツの白さに

頭突きするときにも絶対閉ざさない眼をつつんでくれる夜空よ

死化粧ほどこされており花粉症薬でうとうとしている隙に

走り書きを丁寧に書く明け方の置手紙には切手はいらない

鞦韆

横殴りの雨になるため風よりもあなたの頬が必要なのだ

つねられた頬の痛みに目覚めても春の汀に打ち寄せる夢

ストッキング滑り込ませたつまさきは束の間義足のようになまめく

「泣いているように見える」とト書きあり。着衣のままでシャワー浴びれば

本編に関係のない夕ぐれを瞳はワンカット長回しで撮る

わたくしに私のおもりをさせており水面を蹴ってゆらす鞦韆

空港よりコンビニがすき真夜中のサンダル履きのつま先ひかる

ペトリコール

さびしさが横たわれぬよう公園のベンチを区切る固いひじ掛け

アスファルト「止まれ」の文字は消えかけてペトリコールを香らせていた

しおり紐はずさないまま貸したのは小説のなかで巡り会うため

夕ぐれの空がしずかに隠しもつしろがねの凶器　あれは三日月

いたいほどくちびるを噛む　痛い程をくちびるに覚えこませる

精密な睫毛と思うにんげんを愛してしまったラブドールなら

息を

会話なき夕べのテーブル間引かれた水菜の蒼をしゃきしゃきと食む

晩秋のラ・フランスのラの音をひそかに探す五線紙のうえ

生前の時間はありぬ陽に翳す硝子のなかの気泡のつぶに

括られるよろこびの果て花束をばらせば香るオープンマリッジ

わたしたち生まれながらに抱えおりさびしさという基礎疾患を

老衰の初期症状ってなんだろう　きだはしに折れる影のしずけさ

「木蓮」とつぶやく吾は「ん」の音の刹那に白く息を止めたり

声だけを思い出す夜シャンプーのボトルの点字にただふれている

深々と耳にうずめた（あなた）って呼びかけてくれるはずの補聴器

火柱

炊き出しと献花のための行列とまじりあいつつ舗道に落ち葉

青白いイルミネーション点滅し人工知能めく東京は

この街におんなのホームレス増えてゆきまだ火柱は見たことがない

乗り換えのためだけに降りる新宿のホームは濁流　鰓呼吸で行く

目のやり場に困ったりはしないのか　おとこばかりの喫煙所なら

映画にはなかったシーンがポスターのビジュアルにあり　雨粒ひかる

殺させない

みずうみで溺れてしまう夕ぐれに取り込むリネンのシーツがつめたい

何の染み?って訊かれることが怖くってクリーニングに出せないスカート

瓦礫から救い出されて湧きおこる拍手を聴いてた瓦礫の奥で

水底で息をせぬまま眠るというウミガメのスープ冷めて／目覚めて

取りこぼす金貨のような囀りを聴いた気がする目覚める前に

空爆の過ればチカリと煌めくよショートケーキを包む銀紙

さくら散るさくらながれる誰ひとり殺させないという戦争がある

誰からも気づいてもらえぬピアスなら監視カメラに向けて光らす

手話を見るように目を見つめていて　ひるがえる舌の音　やさしい

ずっと、ずうっと　おやゆびとひとさしゆびでつなげる輪っか　あなたと

手のひら

ＢＧＭのない店と知る掻き混ぜたスプーンとカップの触れあう音で

知ってほしい知られたくない交わし合う手のひらは薄きリーフレットに

つま先でペダルを踏んで手のひらに消毒液のため息を受く

そんなことないよと言ってほしかった夜空にひらく日傘は濡れて

追えばまた追いつめられてゆくようにかさねてくれる手のひらだろう

ニュースでの「元・交際相手」がわたくしの元・元・交際相手にどこか似ており

珈琲のおかわりしようか降り始めの雨は汚れているというから

空席

ちっちゃくてかわいいおばあちゃんになる赤ちゃんポストに入れるような

抱かれる前に見ていた彗星は帝王切開の刃のひかり

たまらなくすわりたくなる花嫁のお色直しの間の空席

この星の半分はいつも夜だからふと黙り込む横顔も夜

トウィンクル

トゥィンクル、トゥィンクルって星空にアフレコをしたお通夜の帰り

画数の多い名前をなぞるとき遠くへ旅した指さきになる

雫してつめたい零の並びおり仏具売り場の値札はしずか

どんぶりに割り箸折って投げ入れたせかいがわたしにふさわしいから

飛ばし読みしているみたいに雪柳ふわりふわりと視界を過る

なまえはひかる

吊るされたかごを揺らせば空もゆれ想像妊娠してしまうカナリア

ビニール傘わすれたことを忘れたい部分麻酔でうっとりしたい

心音を一番ちかくで聴いていたシャツの釦を芽吹かせたなら
フィルターの目が粗いからどうしてもすり抜けてしまう感傷でしょう

花束を買うときみたいに用途とか理由を訊かれる刃物売り場で

必要とされるって素敵　今はたぶんスカルのタトゥーの自衛官さえいる

砂時計のすなに追い打ちかけてゆく時間に重さはあるのだろうか

戦況の解説のために色分けをされた地図には膚色はなく

あといくつ変換キーを叩いたら辿り着けるの翠雨の街に

銀色のパイプの椅子を折りたたむようにさびしい星座のあかとき

だとしても唾をのみこむ無意識のなかにあなたがいるというのに
こころって気球のなかで燃えている焰みたいだ　そらにふれたい

声という幻肢はありぬ　ひそやかに呼びかけるときになまえはひかる

解説

歌々に潜んだ「金魚」の起こす閃きと波紋
——鈴木美紀子歌集『金魚を逃がす』を読む

座馬 寛彦

第一歌集『風のアンダースタディ』で、歌壇のみならず広く文学界から高い評価を受けた鈴木美紀子さんが、その後の歌の中から一七二首を選び収録した、第二歌集『金魚を逃がす』を刊行することとなった。前歌集で展開された「あなた」（もしくは「きみ」）と「わたし」の物語も続いているが、「わたし」の鋭敏で傷つきやすい皮膚の下に、愛する人と繋がりたいという熱の滾り、そして、人の世に真《まこと》を希求する心をいっそう感じさせる歌集となっている。

二十八の小題から成る本書は、小題「ヘレン・ケラーがわたしだったら」の次の一首で始まる。

　「fire」がはじめて覚えた言葉でしょうヘレン・ケラーがわたしだったら

目と耳の不自由なヘレン・ケラーが、家庭教師アニー・サリバンの導きによって手の上に流れ落ちる冷たいものを「water」だと分かり、すべてのものには名前があることを理解した、《ことばの神秘の扉が開かれた》《魂の目覚め》と表現される、あまりに有名なエピソードを下敷きにしている。ヘレン・ケラーへの敬愛と共感に支えられた歌だろう。この歌は、「わたし」の《魂の目覚め》であり、《生きている言葉》を我がものとしたはじめが「fire」に触れたことである、と打ち明けるようだ。この「fire」を、自傷他傷を引き起こし得る炎のような激情と読んだ。それが「わたし」の言葉の淵源、生の原点にあるということに、のちの多難な道行きも想像される。（二重山括弧《》内の言葉は、小倉慶郎訳・新潮社刊『奇跡の人　ヘレン・ケラー自伝』より）

この歌の後には、そうした道行きの一端を思わせるような、小題「何番目の月」が続く。

どうしてもわたしの指のとどかない背中の留め金　夜空にひかる
ざくざくとフォーチュンクッキー割りながらばかみたいばかみたいばか
待ちわびて髪をリネンのシーツへとハザードマップのように広げた
指を折りかぞえてさびしいわたくしはあなたにとって何番目の月

「何番目の月」
「何番目の月」
「何番目の月」
「何番目の月」

一首目は、「夜空にひかる」の結句によって、星のように遥か遠いものとして「留め金」が描かれる。敢えて入れられた「わたしの」には、「あなたならなら留められるのに」という思いが透ける。二首目は、「ばかみたいばかみたいばか」の独白に自己嫌悪、恨めしさ、虚無感の交じり合った情動を滲ませ、字足らずによって感情の迸り、結びの絶句のような余韻を生じさせている。三首目は、相手を待つ間に受けた心の被害範囲を、乱れ広がる髪によって示すかのようだ。しかし、それを見てほしい相手は不在で、髪を乱し憔悴した自分の姿を俯瞰する視線だけが浮き立つ。四首目の「何番目の月」は、例えば満月を十五番目の月と言うように、月の満ち欠けを喩としたのだろう。自分が「あなた」の目にどのように映じているのかを問い、「あなた」と逢える夜の他はむなしい時間であるような日々の寂しさ、苦しさを吐露するようだ。

これらの歌の深部にあるのは、愛する人と心が繋がっていないという思いにより呼び起こされる、存在の本質的な孤独や不安ではないか。それが危険な水位まで達した時を思わせる歌もある。

これまでに経験したことのない雨量のごとく待ちおり　あなたを　「ひとつだけ足りない」

蘇生処置しているみたいに胸元を押し洗いするモヘアのセーター　「海を吸わせる」

夕ぐれを堰き止めるようにバレッタで髪を纏めてキッチンに立つ　「夕ぐれのバレッタ」

一首目、「あなた」を待つ時間を過ごすにつれて募る思いが、「あなた」にも自分にも手に負えないほど溢れてしまっている。その危険性を示唆するようだ。二首目、「セーター」を自分に見立て、瀕死の心を取り戻そうと、一心不乱に「胸元」を圧迫する。ずぶ濡れで萎み無抵抗なセーターの有様が痛ましく目に浮かぶ。三首目で「堰き止め」ようとしているのは夕暮れの時間であるとともに、夕暮れの誘う憂愁だろう。髪を束ね主婦としての仕事に没入することで、感情の奔流を抑えようとするのだ。前歌集には、例えば、一、三首目を髣髴とさせる〈透きとおり風景描写のように立つ待ち合わせ時間とうにすぎても〉〈夕暮れに流されそうだティファールの把手を握りしめているのに〉がある。これらの歌が不安定な自己や現状への無力さを詠うのに対し、本書の歌は自らの心のありようにより自覚的な主体が、存在を危うくするものに相対しているように感じる。

前歌集との比較で語るなら、戦争や政治的事象との接点を強く意識し、危機感や切迫感をもって詠う歌が、今回の歌集の特徴の一つを示していると言えるかもしれない。

この街におんなのホームレス増えてゆきまだ火柱は見たことがない　「火柱」

空爆の過ればチカリと煌めくよショートケーキを包む銀紙　「殺させない」

さくら散るさくらながれる誰ひとり殺させないという戦争がある　「殺させない」

一首目、「火柱」とは、恐らく火事の前兆といわれる怪奇現象のそれだ。日本の格差社会、不平等社会の犠牲者とも言える「おんなのホームレス」たちの怒りや悲しみの情念が、いつか火柱となって眼前に表れる——彼女たちの身を想うあまり、そんな終末の風景を思い描くのだろう。二首目は今現在も空爆が行われているかもしれない戦地を思い、悠々とショートケーキを食べている罪悪感、いつ自分も当事者になるか分からない恐れが「チカリ」の煌めきに籠る。三首目は、桜から戦前・戦中の日本国民が戦争を止められなかったことを想起し、「誰ひとり殺させない」と反戦や人権保護の闘いを続けている人たちに心を添わせている、と読んだ。前歌集が刊行された二〇一七年三月以降、北朝鮮の脅威の高まり、コロナ禍があり、ロシアのウクライナ侵攻が始まった。また、渋谷ホームレス殺人事件をはじめ、凄惨で不条理な事件がいくつもあった。これらの歌は、そんな世の中の動き、世情と共振している。このような共振から、想像力の呪縛となり真実を曇らせる固定観念や〝常識〟から解き放たれようとする、次の歌々が生まれているのだろう。

ペディキュアを塗ってしまえば素足ではないから散らばる硝子さえ踏む　「硝子」

すれ違う風がわたしに気づけたら花の鼓動に生まれ変わるよ　「花の鼓動」

交われればひかりを放つわたしたちシャーレの中に変異株めく　「あるいは、脱ぐ」

北向きの恋に凭れて硝子へと耳打ちをした。窓してるの、と　「窓」

紅筆をあてているから言の葉を乗せたりしないくちびるは舟　「泣かせてみたい」

一首目、ペディキュアを塗ることは着飾ることではなく、鎧うことと言うようだ。そして、痛みや出血を厭わず思うままに歩もうとする。背景には自分の抱く思いや価値観を理解しようとしない相手への苛立ちや歎きがあるように感じられる。二首目、人間が自然の一部だという意識を持てない文明社会の中にあっても、植物のように純粋に、一心に命を燃やしていれば、いつか花粉を運ぶ風のような大いなる力を得、望みを咲かせられる、そんなふうに人間の可能性、存在価値を見ているのではないだろうか。三首目は愛の底知れないエネルギーを謳う。科学の枠で捉えられがちな現代人だが、「交われ」ば未知なる「ひかりを放」ち、（科学が新型コロナウイルスの対処に苦心したように）誰の手にも負えない「変異株」になる、と。四首目、似た形を持つ漢字の「恋」と「窓」を逆転させる言葉遊びによって、恋愛の演劇性や形骸化した恋を詠う短歌としても読めそうだ。五首目、「紅筆をあて」た唇はそれだけで想いを運ぶから「言の葉」は必要ないと詠う。載せすぎると沈んでしまう小さな「舟」なのだ。想いを交わし合うとき、しばしば行き違いや誤解を起こす言葉より、身体的、物質的なものの方が確かで信用できると告げてもいるようだ。

　鈴木さんの歌は、利己的で臆病で果てなく欲望を抱いてしまう人間の愚かさや醜さ、そこから生じる罪への意識を感じさせる。そして、効率性・生産性を偏重しテクノロジーを信奉する価値観に人々を押し込め、思考停止や想像力欠如に陥らせる今の社会の側面と対峙するようだ。そうした態度や指向が、偽りのない純粋なものを希求する、次のような歌にも繋がるのではないか。

こころって気球のなかで燃えている焔みたいだ　そらにふれたい

「なまえはひかる」

「なまえはひかる」

声という幻肢はありぬ　ひそやかに呼びかけるときになまえはひかる

一首目、恋であれ、文芸その他の自己表現であれ、「こころ」を燃やし続けられる何かがあれば、地上の論理から抜け出し、「そら」のように澄みきった世界、心境に達することができるのでは、そんな希望を詠っているように思える。二首目は歌集掉尾の一首。「ひそやかに呼びかけるとき」は、秘密や思いを告白する時や愛を語る時と想像した。その時には、「声」が手足のように相手に確と触れ、呼びかけられた「なまえ」は喜びに満ちたように「ひかる」。身体感覚を伴う声によって愛情や本心を伝え、心が結ばれる瞬間の命の輝きを謳う。最後に、本書の表題作を引きたい。

「金魚を逃がす」

病室の花瓶の水を替えるとき金魚を逃がしてしまった気がして

人間の美意識によって創造された生き物である「金魚」、この歌では、現実を輝かせる生き生きとした創造的な言葉、あるいは熱情の喩とも読める。看病で自分以外の人に心を砕いている間に、大切な「金魚」を「逃してしまった」のでは、という心許なさを詠うようだ。一方で、「金魚」を生かしていた「水」こそ、孤独そのものではないかとも思う。孤独は思索や内省の土壌、創造の揺り籠となり得るからだ。

歌集『金魚を逃がす』は、作中主体、「わたし」を通して、誰しも少なからず抱えている孤独や不安、内なる「fire」に向き合わせる。そして、思いがけない言葉の組み合わせや比喩などの創造的な言語表現を用い、苦界の中の真《まこと》を掬い取り、停滞し閉塞するばかりの現状に変化をもたらそうとするようだ。そんな、「金魚」の起こす閃きと波紋に、読者は大きく揺さぶられることだろう。

あとがき

ある小説家に質問したことがあります。「たった一人のために物語を書いたことはありますか?」と。その答えは「ありませんね。そもそも小説とは、そのようなジャンルではないんですよ」というものでした。今思えばプロフェッショナルな人気作家にずいぶん愚かな問いかけをしてしまったものだとお恥ずかしい限りなのですが、それでもわたしは、たった一人の誰かのためだけに綴られた物語があればいいのに、あってほしい、と願ってしまう……。この歌集を手にとってくださったあなたに、その理由と祈りをほんの少しでも感じとって頂ければとてもうれしく思います。

気が付けば短歌を作り始めてから十五年の年月が経ってしまいました。未来短歌会に入会して以来ずっとご指導してくださった加藤治郎先生、新聞歌壇等で拙い投稿歌を拾ってくださった穂村弘先生、東直子先生にこの場をお借りして心からの感謝を捧げます。また、詩歌に携わる日々の中で出会い別れたお一人お一人にお伝えしたい。あなたの存在と記憶は、掛け替えのない物語としてわたしの歌に刻まれていることを。

そして、この第二歌集の誕生をあたたかく後押ししてくださったコールサック社の鈴木比佐雄様、編集と解説を引き受け、わたしを支えてくださった歌友でもある座馬寛彦様、金魚のイメージを鮮やかに表現してくださった装丁の松本菜央様に深くお礼を申し上げます。また、帯文のお言葉を詩人の文月悠光様からいただけたことは、この上ないよろこびです。

最後に、「金魚を逃がす」ことは金魚を殺すことかもしれないという恐れと痛みを分かち合ってくれるあなたへ。いつかきっと、思いもよらない言葉の世界のどこかで、すれ違いましょう。

二〇二三年　十二月

鈴木美紀子

著者略歴

鈴木美紀子（すずき　みきこ）

東京在住。2009 年の春から新聞歌壇等へ投稿を始める。
同年の秋、未来短歌会に入会。加藤治郎に師事。
2010 年、雑誌「ダ・ヴィンチ」の「短歌ください」に投稿を始める。
2017 年、第 1 歌集『風のアンダースタディ』（書肆侃侃房）出版。

X（旧 Twitter）: @smiki19631

石炭袋

歌集　金魚を逃がす

2024 年 1 月 22 日初版発行
著　者　鈴木美紀子
編　集　座馬寛彦　鈴木比佐雄
発行者　鈴木比佐雄
発行所　株式会社 コールサック社
〒 173-0004　東京都板橋区板橋 2-63-4-209
電話 03-5944-3258　FAX 03-5944-3238
suzuki@coal-sack.com　http://www.coal-sack.com
郵便振替　00180-4-741802
印刷管理　（株）コールサック社　製作部

装丁　松本菜央

落丁本・乱丁本はお取り替えいたします。
ISBN978-4-86435-588-9　C0092　¥1600E